Catalogage avant publication de Bibliothèque et Archives nationales du Québec et Bibliothèque et Archives Canada

Badger, Meredith

    La rentrée scolaire

    (Go girl!)
    Traduction de : Back to School.
    Pour les jeunes.

    ISBN 978-2-7625-9038-8

    I. Oswald, Ash. II. Ménard, Valérie. III. Titre. IV. Collection : Go girl!.

PZ23.B3334Re 2010   j823'.92   C2010-941622-8

Back to School de la collection GO GIRL!
Copyright du texte © 2006 Meredith Badger
Maquette et illustrations © 2006 Hardie Grant Egmont/Ash Oswald
Le droit moral de l'auteur est ici reconnu et exprimé.

Version française
© Les éditions Héritage inc. 2010
Traduction de Valérie Ménard
Révision de Ginette Bonneau
Infographie : D.sim.al/Danielle Dugal

Nous reconnaissons l'aide financière du gouvernement du Canada par l'entremise du Programme d'aide au développement de l'industrie de l'édition (Padié) pour nos activités d'édition.

Gouvernement du Québec – Programme de crédit d'impôt pour l'édition de livres.

La rentrée scolaire

PAR
MEREDITH BADGER

TRADUCTION DE **VALÉRIE MÉNARD**

RÉVISION DE **GINETTE BONNEAU**

ILLUSTRATIONS DE **ASH OSWALD**

INFOGRAPHIE DE **DANIELLE DUGAL**

Chapitre un

Je suis debout sur la scène, sous le projecteur. Malgré l'obscurité qui couvre la salle de spectacle, je sais que tout l'auditoire me regarde. Mais je ne suis pas nerveuse du tout. J'ai répété mon numéro de danse des centaines de fois. Je suis convaincue que je ne commettrai pas d'erreurs.

Je commence à danser dès que les premières notes de musique se font entendre. Mon costume virevolte derrière moi à chacun de mes mouvements, comme une traînée de poussière. Je dois m'assurer de ne pas m'y prendre les pieds. Ce serait tellement gênant de trébucher devant tous ces gens. Mais je garde l'équilibre, même lorsque le rythme de la musique accélère.

La partie la plus difficile se situe à la fin. Je dois tourner cinq fois sur moi-même avant de sauter dans les airs. Je commence à tourner et le projecteur suit mes mouvements sur la scène. Au troisième tour, je sais que tout se déroule bien.

Je termine avec un grand écart. Les spectateurs se lèvent debout et applaudissent très fort. Ma meilleure amie, Delphine, se précipite sur la scène et me serre dans ses bras.

— C'était vraiment bien, Maude, lance-t-elle.

Pendant que Delphine parle, la salle de spectacle et l'auditoire disparaissent.

Nous sommes maintenant dans le salon, chez elle.

— Je crois que ça augure bien pour notre numéro de danse, ajoute Delphine.

— Moi aussi, ai-je répondu.

Delphine et moi avons préparé ce numéro durant tout l'été. Puisque Delphine a déjà suivi des cours de danse, elle a composé la majeure partie de la chorégraphie. Mais j'ai également ajouté quelques figures qui, selon Delphine, sont très jolies.

Après notre séance de répétition, nous sommes toutes les deux épuisées. Nous nous affaissons sur le sol dans nos costumes. La mère de Delphine nous a donné un sac de vieux vêtements. Je porte une robe soyeuse toute brodée de perles dorées. C'est la robe idéale pour danser, car elle virevolte autour de moi quand je tourne. Quant à Delphine, elle a choisi une jupe en satin à motifs zébrés, un peu grande pour elle mais très chouette. Elle la porte avec une large ceinture élastique pour éviter de la perdre.

— Peux-tu croire que c'est le dernier jour des vacances? dit Delphine.

Je hoche la tête.

— L'été a passé beaucoup trop vite, ai-je répondu.

— Pour être honnête, j'ai hâte de retourner à l'école, avoue Delphine. C'est bizarre, hein?

Je comprends ce qu'elle veut dire. Les vacances ont été formidables, mais j'ai hâte de retourner à l'école, moi aussi.

Tout va changer cette année. Nous étudierons avec les plus grands dans une autre section de l'école. Les classes et les toilettes seront différentes. Même la cour de récréation sera différente. C'est un peu comme si nous recommencions à zéro dans une nouvelle école.

À vrai dire, j'ai hâte de retourner à l'école!

— Mais je suis un peu nerveuse, aussi, ajoute Delphine. Tout le monde dit que ce sera plus difficile cette année, et particulièrement en maths.

Rien qu'à cette idée, j'ai des papillons dans l'estomac. Je ne suis pas très douée en maths. J'ai bien réussi avec madame Carrier l'année dernière, mais je dois avouer que c'était plutôt facile.

— Je crois que ça dépendra de l'enseignant qu'on va avoir, dis-je. Monsieur Savard est gentil, mais madame Cliche est très sévère.

Ma grande sœur, Laurence, est déjà allée à la même école que moi. Elle m'a décrit tous les enseignants.

— Monsieur Savard nous donne des autocollants quand nous avons de bonnes notes, m'a dit Laurence. Madame Cliche, par contre, ne fait qu'un crochet au haut de la page. Personne n'a d'ailleurs jamais eu plus qu'un simple crochet.

J'aimerais être dans la classe de monsieur Savard. Il joue de la guitare et donne de drôles de surnoms à ses élèves. L'année dernière, par exemple, il y avait un garçon du nom d'Antoine Rochon dans son groupe. Monsieur Savard le surnommait «Antoine le ronchonneur» parce qu'il se plaignait toujours. C'est un peu ridicule, mais c'est amusant.

Madame Cliche nomme toujours ses élèves par leurs vrais noms. Elle ne tient jamais compte de leurs diminutifs. Si tu te prénommes Émilie, c'est ainsi qu'elle

t'appelle, malgré que tout le monde te sur-nomme Mimi.

Mais il y a une autre raison pour laquelle je ne souhaite pas être dans la classe de madame Cliche : parce qu'un évènement terrible est survenu l'année dernière.

Je jouais au ballon chasseur et j'ai couru à reculons pour attraper le ballon. Je n'avais pas remarqué que madame Cliche se tenait derrière moi, et je l'ai renversée.

Je veux dire, *vraiment* jetée à terre.

Je me suis retournée et je l'ai aperçue, étendue sur le dos, l'air étonnée. Je craignais de l'avoir blessée. Mais elle s'est relevée et elle a essuyé ses vêtements avec ses mains.

— Je suis désolée, madame Cliche, ai-je balbutié.

J'ai cru qu'elle allait répondre :

— Ça va, je sais que tu ne l'as pas fait exprès.

C'est ce que madame Carrier aurait dit. Mais pas elle.

Elle m'a plutôt regardée d'un air menaçant et a répliqué :

— C'est une très mauvaise idée de courir
à reculons.

Puis elle est partie.

J'ai tout de suite su que madame Cliche
ne m'aimait pas. Cette année, je dois envi-
sager deux options – ou bien je suis dans la
classe de monsieur Savard et j'ai beaucoup
de plaisir, ou bien je tombe sur madame
Cliche et je ne m'amuse pas du tout.

Chapitre
deux

Le lendemain matin, je me réveille tôt – bien avant que mon réveil sonne et que Laurence se lève. Je suis nerveuse.

L'année dernière, papa me conduisait à l'école. Mais cette année, je vais prendre l'autobus scolaire avec Delphine. Je ne veux pas le rater, surtout pas le premier jour. Laurence me dit souvent que l'autobus scolaire n'est pas si excitant que ça, mais je me moque bien de ce qu'elle pense.

J'attends ce moment avec impatience.

Lorsque je sors de la douche, Laurence fait le pied de grue derrière la porte de la salle de bain.

— Il était temps ! se lamente-t-elle, ce qui est ironique compte tenu du fait qu'elle passe dix fois plus de temps que moi dans la salle de bain.

Nous étions amies avant, mais depuis qu'elle est à la polyvalente, Laurence se croit trop cool pour moi.

De retour dans ma chambre, je prends mon uniforme scolaire dans la garde-robe. Il est suspendu juste à côté de ma jupe préférée, celle avec des fleurs en paillettes. J'ai porté cette jupe durant tout l'été. Mais aujourd'hui, je suis ravie de pouvoir réenfiler mon uniforme malgré qu'il soit dépourvu de paillettes. Il me fait paraître plus vieille.

Puis je coiffe mes cheveux. Je le fais toujours moi-même et j'adore inventer de nouvelles coiffures. Celle qui me vient en tête ce jour-là est plutôt difficile à faire et je dois utiliser plusieurs pinces à cheveux. J'y passe tellement de temps que je commence à prendre du retard.

Je me mets à paniquer au moment où je regarde l'heure. Si je ne me dépêche pas, je vais rater l'autobus. Je me précipite dans la cuisine et je mange mes céréales en vitesse. Je sais que Delphine m'attend sûrement déjà à l'arrêt d'autobus.

— Calme-toi ! dit maman en souriant. Tu vas te rendre malade.

Je parviens à me calmer un peu.

— Je ne veux vraiment pas rater l'autobus, lui ai-je expliqué.

Papa secoue la tête.

— C'est ça, on dirait que tu es plus excitée de prendre l'autobus que de te faire conduire par ton père! lance-t-il d'un ton moqueur.

Je le serre dans mes bras.

— Ça me faisait plaisir que tu me conduises à l'école quand j'étais petite, lui dis-je pour le rassurer.

Je dois vraiment y aller maintenant.

— À plus tard! ai-je crié en passant la porte.

Mais je dois immédiatement faire demi-tour – j'ai oublié mon sac à dos.

Laurence lève les yeux au ciel. Comme s'il ne lui arrivait jamais d'être distraite !

Delphine est déjà à l'arrêt d'autobus lorsque je me pointe. Elle semble excitée.

— Je crois qu'il arrive, annonce-t-elle.

Au moment même, l'autobus apparaît au coin de la rue. Il ralentit, puis s'immobilise devant nous. Dès que je monte dans l'autobus, je ne suis plus certaine de vouloir y être.

L'autobus est bondé, et les enfants qui s'y trouvent ont tous l'air plus âgés que nous. C'est également très bruyant. Chacun essaie de parler plus fort que les autres.

Tandis que nous avançons dans l'allée, je chuchote à Delphine :

— Il n'y a plus de places libres.

Il est peut-être encore temps de demander à papa de nous conduire à l'école. Delphine pointe soudainement le doigt loin devant.

— Regarde, il y a deux places ! s'exclame-t-elle en m'entraînant vers une banquette située à l'arrière de l'autobus.

Nous sommes assises depuis quelques minutes lorsque le garçon installé devant nous se retourne. Il nous regarde comme si nous venions d'une autre planète. Parfois, les plus grands se croient tout permis. Ils agissent comme s'ils étaient nos surveillants.

Cédric fait partie de ceux-là.

Oh... Je crois que je n'aime pas l'autobus !

— Vous ne connaissez pas la règle? demande-t-il en nous regardant d'un air menaçant. Les petits n'ont pas le droit de s'asseoir à l'arrière de l'autobus.

Je suis prête à changer de place sur-le-champ, mais pas Delphine. Elle ne cède pas facilement. Elle n'a peur de rien, non plus. Ni des gros chiens, ni des plus grands de l'école, ni des orages. Rien.

— On n'est pas des petits, répond-elle. Les petits n'ont même pas le droit de prendre l'autobus.

Cédric a l'air fâché.

— Si *je* dis que vous êtes des petits, c'est que vous *l'êtes,* réplique-t-il.

Autour de nous, les enfants arrêtent de parler. Ils attendent de voir ce qui va se passer.

— Allez Delphine, ai-je murmuré. Il reste quelques places libres à l'avant.

— Ton amie a raison, dit Cédric à Delphine. C'est à cet endroit que les minus s'assoient.

— Dans ce cas, *tu* devrais y aller, répond Delphine. Je suis beaucoup plus grande que toi !

Tout le monde se met à rire, car c'est vrai. Delphine est plus jeune que Cédric, mais elle est effectivement plus grande que lui.

— Ouais Cédric, lance un de ses amis. Tu devrais aller t'asseoir avec les petits.

Cédric semble craindre qu'on lui demande de changer de place pour de vrai.

Tout le monde détourne le regard et recommence à parler. Cela doit vouloir dire que nous pouvons rester sur cette banquette !

Je serre la main de Delphine dans la mienne en me répétant une centaine de fois à quel point j'ai de la chance de l'avoir comme amie.

Chapitre

trois

Je me sens bizarre à notre arrivée à l'école. Nous devons passer devant notre ancien édifice pour nous rendre à notre nouveau pavillon, nommé le Pavillon polyvalent.

Il y a déjà beaucoup d'enfants qui attendent. Delphine et moi apercevons nos amies – Béatrice, Victoria et Annabelle.

Je suis heureuse de les revoir. Nous sommes amies depuis notre premier jour d'école. Les gens nous demandent souvent si nous sommes des sœurs, ce qui est étrange compte tenu du fait que nous ne nous ressemblons pas du tout.

Par exemple, Delphine est grande et a beaucoup de taches de rousseur, tandis qu'Annabelle est petite et a le teint olivâtre. C'est notre façon de penser qui est semblable. Un jour, nous sommes toutes arrivées à l'école avec la même coiffure ! On aurait dit que nous faisions partie d'un club secret de coiffure. Personne ne nous a crues quand nous avons dit que c'était une coïncidence.

Nous n'avons pas le temps de bavarder. La cloche sonne et nos nouveaux enseignants entrent dans la salle. Tout le monde se tait.

Monsieur Savard nous fait un clin d'œil, tandis que madame Cliche ne sourit même pas. Mes amies et moi nous échangeons des regards. Je sais que nous pensons toutes la même chose – j'espère que nous serons dans la classe de monsieur Savard.

Monsieur Savard nomme les élèves qui feront partie de son groupe.

Choisissez-moi,
s'il vous plaît !
Choisissez-moi,
s'il vous plaît !

Béatrice est nommée.

Suivie de Victoria.

Puis d'Annabelle.

Elles se dirigent du côté gauche de la salle, l'air heureuses. Delphine et moi devons rester du côté droit.

Nous sommes dans la classe de madame Cliche, et en plus, c'est la première fois que

Oh non !
Je suis dans la classe de madame Cliche !

notre bande est séparée. Je suis toutefois contente que Delphine soit avec moi.

Les élèves des deux classes quittent la salle derrière leurs enseignants. Le groupe de monsieur Savard rit déjà d'une blague qu'il vient de faire. Mais le nôtre est totalement silencieux.

Notre classe a l'air beaucoup plus grande que celle dans laquelle nous étions avec madame Carrier l'année dernière, et les murs sont complètement dégarnis. Nous devons en premier lieu nous choisir une place. Bien sûr, Delphine et moi nous assoyons ensemble. Puis madame Cliche commence à parler.

— Vous n'êtes plus des bébés désormais, explique-t-elle. Alors, je ne veux voir personne agir comme un bébé.

Elle nous énumère ensuite les règles de la classe.

 RÈGLE NUMÉRO UN
Toujours lever la main avant de poser une question.

 RÈGLE NUMÉRO DEUX
Ne pas quitter sa place sans autorisation.

 RÈGLE NUMÉRO TROIS
Ne pas parler en même temps que l'enseignant.

Delphine se retourne vers moi et fait une grimace. Je lui en fais également une. Nous nous assurons que madame Cliche ne nous voit pas. Il y a sûrement une règle pour ça, aussi.

 NOUVELLE RÈGLE
Défense de faire des grimaces.

Ensuite, madame Cliche a une surprise pour nous. Mais elle est plutôt décevante.

— Nous ferons un contrôle de mathématiques, annonce-t-elle. Je vais vous énoncer les problèmes. Écrivez les réponses aussi rapidement que vous le pouvez.

Je n'arrive pas à le croire. L'école n'est commencée que depuis une heure et nous avons déjà un contrôle de mathématiques !

J'entends ce qui se passe dans la classe de monsieur Savard à travers le mur. Il joue de la guitare et tout le monde chante avec lui. J'en déduis qu'ils ne font certainement pas un contrôle, *eux*.

Madame Cliche commence à poser les questions. Je connais la première réponse, mais les problèmes suivants sont beaucoup plus difficiles. Ça va de mal en pis.

Je regarde autour de moi. Les autres élèves griffonnent leurs réponses.

Tandis que le contrôle se poursuit, je commence à me sentir mal. Je crois pouvoir résoudre certains problèmes. Mais madame Cliche parle tellement vite que je n'ai pas le temps de penser.

C'est épouvantable !

On dirait bien que je vais remettre une feuille presque vierge.

Je regarde Delphine. Elle écrit ses réponses au fur et à mesure que madame Cliche pose les questions. Ai-je mentionné qu'en plus d'être drôle et courageuse, Delphine est également très intelligente?

Je ne veux pas qu'elle sache que j'ai de la difficulté avec le contrôle, alors je décide de deviner les réponses. J'écris la première chose qui me vient en tête, en espérant que ce soit la bonne réponse.

Dès que madame Cliche a terminé, elle recueille les feuilles. Elle nous donne ensuite des problèmes supplémentaires à faire en devoir.

— C'était facile! lance Delphine d'un ton assuré. Je croyais que les maths allaient être difficiles cette année.

J'ai l'estomac à l'envers – comme si je venais de tourner vingt fois sur moi-même juste après avoir mangé une coupe glacée au chocolat.

Delphine remarque que quelque chose cloche.

— Est-ce que ça va ? demande-t-elle. Tu as l'air bizarre.

Je voudrais lui avouer que j'ai eu de la difficulté avec le contrôle, mais je ne peux pas le faire. Si je le lui dis, elle découvrira mon terrible secret – je ne suis pas assez intelligente pour être dans cette classe.

Chapitre quatre

Lorsque la cloche de la récréation sonne enfin, Delphine et moi allons rejoindre les autres dans notre nouvelle aire de jeux. Annabelle est à son cours de musique, mais Béatrice et Victoria bavardent à propos de la magnifique matinée qu'elles ont passée. Même les règles de monsieur Savard semblent plaisantes.

— Si tu fais quelque chose de mal, tu dois faire *la fourmi morte,* dit Béatrice.

— Qu'est-ce que c'est ? ai-je demandé.

— Tu dois t'allonger sur le dos devant toute la classe et remuer les bras et les jambes dans les airs, explique Béatrice.

Delphine et moi rions. Ça semble amusant. Et très gênant.

Madame Cliche ne ferait JAMAIS ça !

Monsieur Savard leur a appris une nouvelle chanson qu'ils chanteront lors de la première assemblée générale de l'année.

— Puis il est d'accord pour que nous fassions toutes les trois un numéro de danse sur cette musique, ajoute Victoria avec excitation.

Je ne peux m'empêcher d'être un peu jalouse. Je me demande si Delphine ressent la même chose.

L'année dernière, nous passions toutes nos récréations du midi à inventer des chorégraphies avec notre bande et nous faisions semblant de passer à la télévision. Nous répétions sans cesse que nous allions un jour mettre un spectacle sur pied. On dirait bien que les trois autres filles le feront sans nous.

C'est encore pire pour Delphine – c'est la meilleure danseuse de nous toutes. Si quelqu'un devait faire un spectacle, ce serait bien elle. Mais ça ne semble pas la déranger.

Les autres ne nous croient pas lorsqu'on leur mentionne qu'on a déjà eu un contrôle de mathématiques.

— Madame Cliche est très sévère, souligne Delphine. Mais la matière n'est pas si difficile que ça.

Puis elle regarde dans ma direction.

— Le contrôle était facile, n'est-ce pas Maude?

— Ce n'était pas si pire, ai-je balbutié en évitant de regarder mes amies dans les yeux.

Que penseraient-elles si je leur disais la vérité? Elles ne voudraient peut-être plus être mes amies!

Delphine commence à faire des pas de danse. Ils font partie de la chorégraphie sur laquelle nous avons passé l'été à travailler.

— C'est trop cool! s'exclame Béatrice en la regardant. Tu danses tellement bien.

C'est vrai. La danse a l'air si facile pour Delphine. Ses bras et ses jambes font exactement ce qu'elle leur demande. J'ai souvent de bonnes idées de mouvements, mais mon corps ne les exécute pas toujours de la façon dont je me les imagine.

— Hé, lance Victoria en agrippant le bras de Béatrice. Delphine pourrait peut-être nous aider à préparer notre numéro de danse pour l'assemblée générale !

— Oui, bonne idée ! répond Béatrice en regardant Delphine. Ferais-tu ça pour nous ?

— Pourquoi pas, dit Delphine en haussant les épaules.

Elles semblent ensuite complètement oublier ma présence. Delphine commence à enseigner quelques pas de danse à Béatrice et à Victoria. Je m'assois dans l'herbe et je les regarde.

Je ne peux m'empêcher d'être un peu fâchée. Plus je les regarde, plus je suis en colère. Plusieurs des pas que Delphine leur enseigne font partie de notre propre chorégraphie. Et j'ai même inventé certains d'entre eux !

Je n'arrive pas à comprendre pourquoi Delphine souhaite tant les aider alors que nous ne participerons même pas au spectacle.

Je m'ennuie à mourir au moment où Annabelle revient de son cours de musique. Elle a quelque chose à nous dire.

— J'ai entendu parler monsieur Savard et madame Cliche dans le corridor, rapporte-t-elle. Madame Cliche a dit : « Si sa situation ne s'améliore pas, je vais devoir lui trouver une autre place. »

— De qui parlait-elle ? demande Delphine.

Annabelle hausse les épaules.

— Je n'ai pas entendu toute leur conversation, mais on dirait qu'ils ont l'intention de se débarrasser de quelqu'un, fait-elle observer.

— Ils songent peut-être à rétrograder quelqu'un de niveau, avance Victoria. Ça arrive souvent quand un élève a des difficultés d'apprentissage.

Les autres essaient de deviner de qui il pourrait s'agir. C'est peut-être Vincent, le plus jeune de la classe. Ou encore la nouvelle élève, Stéphanie.

Je ne dis rien, car je sais déjà de qui il s'agit.

Moi.

Madame Cliche a sûrement déjà corrigé mon contrôle. Elle doit s'être rendu compte que je ne suis pas assez intelligente pour être dans sa classe. Je savais que j'allais rapidement être rétrogradée de niveau.

Chapitre
cinq

Après la récréation, madame Cliche nous demande de rédiger un texte sur nos vacances. Plusieurs élèves rouspètent, mais pas moi. Je suis heureuse. J'adore écrire, même si les enseignants nous demandent toujours d'écrire sur le même sujet. Je crois que chaque année, depuis que j'ai commencé l'école, j'ai eu à rédiger un texte à propos de mes vacances.

Une fois que nous avons terminé, madame Cliche frappe dans ses mains.

— Nous allons maintenant choisir les surveillants pour cette semaine, annonce-t-elle.

Delphine est élue surveillante pour l'heure du dîner. Quant à moi, je devrai veiller sur les animaux de notre classe.

Cette tâche me semble intéressante. Mais ce ne serait pas aussi amusant si j'étais dans la classe de monsieur Savard – ils ont une tortue nommée Boris. J'aime bien les tortues, mais je préfère nos deux bernard-l'ermite qui se nomment respectivement Clic et Clac. Ils me font penser à des araignées, mais ils sont plus effrayants puisqu'ils possèdent des pinces.

Madame Cliche nous demande de nous asseoir en cercle sur le tapis.

— Maude, dit-elle, amène Clic et Clac par ici.

J'ai envie de lui répondre «Suis-je vraiment obligée?», mais je doute que madame Cliche apprécierait. Je me lève, puis je retire le couvercle de l'aquarium. Les crabes se déplacent entre les pierres. Je souhaiterais avoir une paire de gants.

Je glisse ma main dans l'aquarium, puis je saisis Clic. Il s'engouffre aussitôt dans sa coquille. Clac fait de même au moment où je le prends.

Positionnés de cette façon, ils ne sont pas si effrayants. Mais je me dépêche quand même de rejoindre les autres sur le tapis.

Au moment où je m'apprête à les déposer sur le sol, Clac sort une de ses pinces et agrippe mon doigt.

— Aïe ! ai-je crié en le laissant tomber. Il se tortille pendant un moment, puis il se met à courir dans ma direction !

Je sais que les bernard-l'ermite ne sont pas dangereux, mais ça ne veut pas dire pour autant que j'aime me faire poursuivre par eux...

— Maude a peur d'un petit crabe! se moque Simon.

Toute la classe se met à rire de moi. Madame Cliche attrape Clac.

— Est-ce que je peux le prendre? demande Delphine.

Madame Cliche dépose Clac dans la main de Delphine. Je m'attends à ce que Clac la pince, mais il ne le fait pas. Il reste immobile dans sa main. Il n'essaie même pas de s'enfuir.

— Il est si mignon! dit Delphine en caressant la coquille de Clac avec son doigt.

Ça me fâche un peu de voir Delphine s'en sortir de cette façon. Je passe pour une peureuse.

— Clac est terrifié, explique madame Cliche. Essayez de vous mettre à sa place – un minuscule crabe entouré de géants.

J'ai pitié de Clac, mais je refuse tout de même de m'approcher de lui pour le moment.

Je suis désolée, Clac !

— Delphine et moi pourrions peut-être échanger nos tâches? ai-je suggéré avec espoir.

Mais madame Cliche secoue la tête.

— Non, dit-elle sèchement. Tu es la surveillante des animaux pour cette semaine, Maude. Il n'y aura pas d'échange.

Je soupire, mais je sais que ça ne vaut pas la peine d'argumenter avec madame Cliche. J'aurais sûrement plus de chance de faire valoir mon point à Clac.

Chapitre

six

À la fin de l'avant-midi, je dois aller aux toilettes. Ma vessie est sur le point d'éclater! Mais je ne veux pas demander la permission à madame Cliche. Tout va de travers chaque fois que j'ouvre la bouche.

Ce sera bientôt l'heure du dîner, alors je me retiens. Par contre, quand on a vraiment envie, le temps avance très lentement. J'ai l'impression que plusieurs heures se sont écoulées lorsque la cloche sonne enfin.

— Je te rejoins, dis-je à Delphine en me précipitant vers les toilettes.

Dans notre ancien édifice, les toilettes des filles étaient à la gauche, et celles des garçons, à la droite. J'entre donc dans les toilettes situées à la gauche sans même regarder l'écriteau sur la porte.

Quelle erreur !

Je mets du temps à comprendre ce qui se passe. Un garçon est debout devant l'urinoir. Nous nous regardons l'un l'autre d'un air stupéfait.

— Qu'est-ce que tu fais dans les toilettes des filles ? lui ai-je demandé.

— Ce serait plutôt à moi de te demander ce que tu fais dans les toilettes des *gars*...

Puis un autre garçon entre dans les toilettes. C'est alors que je me rends à l'évidence : c'est moi qui me suis trompée de porte.

Je me précipite vers la sortie à toute vitesse, en espérant que personne d'autre ne m'aperçoive. Mais malheureusement, je tombe nez à nez avec Simon au moment où j'ouvre la porte. Il semble très étonné de me voir là...

C'est alors qu'il se rend compte de ce que je viens de faire.

— J'ai hâte de raconter ça à tout le monde ! dit-il en rigolant.

J'essaie de m'imaginer ce que Delphine ferait si elle était à ma place.

— Je te conseille de ne le dire à personne, ai-je répondu en prenant un air menaçant.

Mais ma mise en garde ne semble pas intimider Simon du tout.

J'ai raison. Au moment où je rejoins mes amies, tout le monde est au courant de ma mésaventure. Des histoires comme celle-là circulent très vite dans notre cour d'école.

— Ça a dû être terrible, suppose Victoria. Je serais morte de honte !

— Ce n'est rien, ajoute Delphine. Je suis sûre que ça arrive souvent.

Delphine m'aide toujours à me faire sentir mieux. J'ai toutefois l'impression que les autres filles me regardent de travers. Comme si elles avaient honte d'être aperçues en ma compagnie.

Je prends donc une résolution.

Plus de bêtises !

Plus de bêtises, à présent, me dis-je intérieurement.

Ça semble fonctionner, car je parviens à passer le reste de la journée sans faire de gaffes.

Delphine et moi montons dans l'autobus et nous assoyons sur la même banquette que ce matin. Personne ne nous embête, cette fois.

— Veux-tu venir te baigner chez moi ? ai-je demandé à Delphine au moment de descendre de l'autobus.

Delphine secoue la tête.

— Je ne peux pas, répond-elle. Je dois faire le devoir de maths.

J'avais oublié le devoir de maths.

— Nous pourrions nous baigner un peu,

ai-je proposé, puis ensuite travailler ensemble sur ces problèmes. Ce sera vite fait.

Mais Delphine a déjà pris sa décision.

— À demain ! dit-elle en ouvrant la grille devant sa maison.

Je vais directement dans ma chambre pour enfiler mon maillot de bain. J'ai hâte de plonger dans la piscine. Je me sens toujours mieux après avoir fait quelques plongeons. Maman est dans le salon.

— Tu n'as pas de devoirs ? demande-t-elle tandis que je me dirige à l'extérieur.

— Je vais les faire plus tard, ai-je répondu. Je vais d'abord prendre un peu de temps pour plonger.

Je cesse de penser à mon devoir de maths dès l'instant où je touche à l'eau. Je fais un simple plongeon, puis deux ou trois flips arrière. Je fais aussi quelques culbutes. Je me sens bien quand je plonge dans l'eau fraîche. Je ne pense ni à madame Cliche, ni à ma mésaventure dans les toilettes des gars.

J'oublie que j'ai été choisie pour veiller sur les animaux. Je ne m'inquiète plus d'être rétrogradée d'année. Je pense uniquement à pointer les orteils et à rentrer le menton.

Chapitre
* sept *

Le lendemain matin, je me sens malade à mon réveil. Je ne suis pas malade au sens propre du terme, mais plutôt malade *d'angoisse*. C'est à cause du devoir de maths. Hier soir, je croyais que ce serait une bonne idée de ne pas le faire. Mais je n'en suis plus si certaine à présent. Je me lève et prends le questionnaire dans mon sac. Les problèmes sont peut-être faciles. Je pourrais l'avoir terminé avant de partir pour l'école.

J'essaie, j'essaie très très fort. Mais je ne parviens pas à résoudre les problèmes.

Aucune de mes réponses ne me semble correcte, et chaque fois que je refais un problème, j'obtiens une réponse différente. C'est sans espoir. Je ne serai jamais capable de les résoudre, même si j'y passais des années.

Delphine me connaît très bien. Tandis que nous montons dans l'autobus, elle devine que quelque chose ne va pas.

— As-tu fait ton devoir de maths? demande-t-elle.

— Non, ai-je répondu, en faisant comme si ça m'était égal. Je n'en avais pas envie.

Delphine me regarde.

— Tu auras des ennuis si madame Cliche le découvre, me prévient-elle.

Cela me met en colère. Elle a raison, mais je refuse d'y penser. Quand je suis fâchée, je fais parfois des remarques méchantes. Je ne réfléchis pas – ça sort tout seul.

— Et alors? ai-je lancé en haussant les épaules. Il n'y a que les lèche-bottes qui font leurs devoirs.

— J'ai fait *mon* devoir, se défend-elle.

— Eh bien dans ce cas, tu es une lèche-bottes, ai-je répondu.

— Ce n'est pas vrai, nie-t-elle.

— Oui, c'est vrai, ai-je répliqué. Tu es le chouchou de madame Cliche.

Delphine rougit.

— C'est faux ! s'écrie-t-elle.

— Chouchou ! Chouchou ! ai-je répété.

Je sais que je suis méchante, mais ça m'indiffère.

Cédric se retourne. Il m'a entendue. Il se met aussitôt à scander ce mot même s'il ignore pourquoi je le dis.

— Chouchou ! Chouchou !

Bientôt, j'ai l'impression que tout le monde, dans l'autobus, se met de la partie. Delphine pose ses mains sur ses oreilles et plisse les yeux. Notre concert de voix devient tellement fort que le conducteur finit par nous ordonner de nous taire.

Delphine retire ses mains de ses oreilles, mais elle ne me regarde pas.

Je commence à me sentir coupable.

Je sais que je lui ai fait beaucoup de peine.

Nous ne nous adressons pas la parole du reste du trajet. Je réfléchis à ce que je pourrais lui dire pour me faire pardonner. Mais toutes les choses auxquelles je pense me paraissent stupides.

J'ai l'intention de lui faire croire que ce n'était qu'une blague. Je suis bien consciente que c'est peine perdue, cependant – on ne fait pas de mauvaises blagues à ses amies.

Je sais que je devrais lui dire à quel point je suis désolée, en espérant qu'elle me pardonne.

Je me promets de m'excuser lorsque nous serons descendues de l'autobus. Mais je n'en ai pas l'occasion. Dès que les portes de l'autobus s'ouvrent, Delphine se lève d'un bond et s'éloigne en courant.

— Delphine, attends ! ai-je crié.

Mais elle ne m'entend pas. Ou fait comme si elle ne m'entendait pas.

Je sais ce que Delphine va faire. Elle va aller rejoindre nos amies et leur raconter ce que j'ai fait. Je souhaite la trouver le plus rapidement possible pour que nous puissions régler notre différend. Malheureusement, je dois aller m'occuper des bernard-l'ermite avant le début des classes.

Génial ! Ça va de mal en pis. Et dire que j'avais hâte de retourner à l'école.

Chapitre

* huit *

Je frappe à la porte de la classe. Madame Cliche est assise à son bureau.

— Excusez-moi, madame Cliche. Je viens m'occuper des crabes.

— Vas-y, répond-elle sans lever la tête.

Elle a l'air de mauvaise humeur, comme d'habitude.

J'essaie de m'imaginer madame Cliche en train de rire. Ou même sourire! Un contenant de crème glacée vide est placé à côté de l'aquarium pour que nous puissions y déposer les crabes pendant que nous remplaçons leur eau. Je décide de prendre Clic en premier. Il disparaît immédiatement dans sa coquille. C'est ensuite au tour de Clac. Tandis que j'approche ma main, il commence à remuer les pinces

Oh, non ! Pas encore !

comme s'il avait l'intention de me pincer à nouveau.

— Il fait cela parce qu'il a peur de toi, souligne madame Cliche qui me regarde à partir de son bureau.

Bien, ai-je pensé, j'ai aussi peur de lui. Et je n'ai pas de pinces, moi.

Madame Cliche me rejoint et saisit Clac.

— Regarde sa coquille, dit-elle.

Je regarde Clac attentivement pour la première fois. Sa coquille est magnifique – elle est douce, blanche et elle a la forme d'une spirale. Je ne l'avais jamais remarquée auparavant.

— Les bernard-l'ermite ne possèdent pas leur propre coquille, explique madame Cliche. Ils vont de coquille en coquille, jusqu'à ce qu'ils en trouvent une qui leur plaise.

— Donc, ils magasinent! me suis-je exclamée.

J'aime bien l'idée des crabes qui magasinent. Ça les humanise.

Madame Cliche hoche la tête.

— Exactement, affirme-t-elle. Lorsque leur coquille est rendue trop étroite, nous en déposons de nouvelles dans l'aquarium et attendons de voir laquelle ils vont choisir.

Je me demande quelle coquille je choisirais si j'étais un crabe. Elle serait sûrement conique avec des rayures jaunes.

Madame Cliche repose Clac dans le contenant de crème glacée.

— Si j'étais un bernard-l'ermite, je choisirais une coquille conique avec des rayures
jaunes, dit-elle.

Je la regarde avec stupéfaction.

— Moi aussi ! ai-je répondu.

— Nous devons aimer les mêmes coquilles,
conclut madame Cliche.

Puis quelque chose d'étrange survient.
Madame Cliche me sourit.

La cloche sonne. Je finis de nettoyer
l'aquarium le plus rapidement possible.

Delphine entre dans la classe et s'assoit
sans même me regarder. J'avais oublié notre
dispute. Je recommence à me sentir coupable.

Nous entamons la journée avec un cours
de maths. Madame Cliche écrit quelques
problèmes au tableau. Ils ressemblent à ceux

Waouh !
Madame Cliche
m'a souri !

qu'elle nous a donnés comme devoir, mais ils sont encore plus difficiles.

Madame Cliche nous explique comment résoudre le premier problème. Je l'écoute attentivement. Je me dis que je vais peut-être comprendre, cette fois-ci.

— Essayez de résoudre les autres problèmes, demande madame Cliche. Levez la main si vous avez des questions.

Tout le monde commence à travailler en silence.

Je regarde le premier problème. Même si j'ai suivi attentivement, je ne parviens pas à le résoudre. Je regarde autour de moi pour voir si quelqu'un a demandé de l'aide. Personne ne l'a fait, alors je décide de ne pas lever la main non plus.

Je commence à m'inquiéter. Je refais donc la même chose que le jour précédent – j'écris les premiers chiffres qui me viennent en tête.

Ça ne va déjà pas très bien, mais la situation s'aggrave. À la fin du cours, madame Cliche circule entre les rangées pour recueillir nos devoirs. Elle s'arrête devant moi.

— Où est ton devoir ? s'informe-t-elle.

— Je ne l'ai pas fait, ai-je répondu.

Madame Cliche sourcille.

— Et pourquoi ? me questionne-t-elle.

Je suis tentée de lui répondre la même chose que j'ai dite à Delphine : que je n'en avais pas envie. Mais je suis consciente que ce serait une très mauvaise idée.

— Je ne le sais pas, ai-je marmonné en baissant les yeux sur mon bureau.

Tous les autres élèves me regardent.

— Je ne l'ai pas fait. C'est tout.

— J'aimerais que tu restes en classe sur l'heure du dîner, Maude, dit doucement madame Cliche.

Puis elle s'éloigne.

Chapitre neuf

Le cours suivant me paraît interminable. Je n'arrête pas de penser à ce que madame Cliche va me dire sur l'heure du dîner.

Tous les élèves sortent de la classe au moment où la cloche sonne pour le dîner. Tous, sauf moi. Je reste assise à ma place. Delphine est partie sans me regarder.

La classe devient soudainement ultra-silencieuse.

C'est si tranquille que j'entends le crayon

de madame Cliche glisser sur la feuille sur laquelle elle écrit, à son bureau.

Je recommence à avoir mal à l'estomac, comme si un océan tourbillonnait à l'intérieur de mon corps. Il y a des poissons qui virevoltent ici et là, et un requin qui ne cesse de se cogner la tête dans ma poitrine.

Par la fenêtre, je vois mes amies qui répètent leur chorégraphie. Elles s'améliorent de plus en plus.

J'aimerais être à l'extérieur avec elles. En fait, je souhaiterais que cette matinée n'ait jamais existé.

Madame Cliche vient finalement me rejoindre, puis elle s'assoit à côté de moi. Je me doute bien de ce qu'elle va me dire. Elle va m'annoncer que je ne peux pas rester dans sa classe. Elle va peut-être même m'envoyer chez la directrice parce que je n'ai pas fait mon devoir. Mais étrangement, je m'en fiche.

Ça m'est égal d'être rétrogradée de niveau. J'aimais beaucoup l'école l'année dernière. C'était facile et j'avais l'impression d'être intelligente.

Cette année, tout a changé. Et en plus, mes amies vont me détester lorsqu'elles

Ça m'est égal d'être rétrogradée de niveau !

apprendront ce que j'ai dit à Delphine. Si je descendais d'un niveau, je pourrais tout recommencer à zéro.

Ainsi, quand madame Cliche me redemande pourquoi je n'ai pas fait mon devoir, je décide de lui dire la vérité.

— Parce que je ne comprends pas, ai-je répondu.

Je lui montre la feuille sur laquelle j'ai travaillé avant de venir à l'école. Elle est barbouillée de chiffres et de tirets.

J'attends que madame Cliche se mette en colère. Je m'imagine qu'elle va me dire que ce n'était pas difficile et que tous les autres élèves ont compris. Mais ce n'est pas le cas.

Elle hoche plutôt la tête.

— Ce type de problèmes peut être difficile à comprendre, dit-elle. Ce n'est pas tout le monde qui les réussit du premier coup. Regardons-les ensemble.

Elle m'explique une fois de plus. Mais même si je souhaite vraiment comprendre, je n'y parviens pas. Madame Cliche perd son temps.

— Est-ce que tu comprends ? demande-t-elle après un moment.

Je secoue la tête.

— Non, ai-je répondu. Je ne comprends toujours pas.

— Quelle partie ne comprends-tu pas ? m'interroge-t-elle.

Elle ne le dit pas sur un ton fâché, par contre. Elle est calme.

Je crois que c'est parce qu'elle est gentille que je me mets à pleurer. Oui, j'éclate en sanglots devant madame Cliche.

Je n'y peux rien.

— Je ne comprends *rien*! ai-je bégayé. Je ne suis pas assez intelligente. Je veux retourner dans mon ancienne classe.

Ça me fait du bien de pouvoir en parler.

Madame Cliche me tend des mouchoirs.

— Tout le monde a ses difficultés, Maude, me rassure-t-elle. Pour toi, ce sont les maths, mais tu es douée pour autre chose.

Je secoue la tête.

— Je n'ai de facilité en *rien,* ai-je affirmé.

Madame Cliche dépose une feuille devant moi. C'est l'histoire que j'ai rédigée le jour précédent. Il y a deux gros crochets au haut de la page !

— Ton histoire est excellente, Maude, admet madame Cliche. En fait, j'aimerais que tu la lises à l'assemblée générale de la semaine prochaine.

Je regarde les deux crochets. Laurence m'avait dit que madame Cliche ne donnait jamais plus d'un crochet.

Mais l'écriture, c'est bien différent des maths.

— Tout le monde peut écrire des histoires, ai-je soufflé.

Madame Cliche secoue la tête.

— Non, pour bien des gens, c'est difficile de produire des textes, autant que ça l'est pour toi de résoudre ces problèmes.

Je n'ai jamais cru que j'étais bonne en rédaction. Je me sens un peu mieux. Mais je suis encore très triste.

— Je crois que je ne comprendrai jamais ces maths.

Madame Cliche pointe une phrase de mon texte avec son doigt.

— Tu as écrit que tu aimes faire des plongeons, souligne-t-elle. Je suis certaine que tu avais de la difficulté au tout début.

Je voudrais dire à madame Cliche que c'est faux et que j'ai toujours eu de la facilité en plongeon. Mais je me souviens soudainement de mes débuts. J'ai exécuté plusieurs plats qui m'ont fait très mal.

Je me suis même cassé le nez après être tombée du rebord de la piscine.

Et puis je me souviens de ce que j'ai ressenti la première fois que j'ai réussi un plongeon. Je savais avant même de sauter que je ne ferais pas de plat cette fois-là.

C'était fantastique !

Est-ce que je pourrai accomplir la même

chose avec les maths ? J'en doute, mais ça vaut peut-être la peine d'essayer.

— Pouvez-vous me l'expliquer à nouveau, madame Cliche ?

Elle hoche la tête.

— Bien sûr ! s'exclame-t-elle.

Alors, madame Cliche recommence ses explications à partir du début. Et cette fois-ci, je comprends ! Soudainement, l'océan qui inondait mon estomac disparaît, comme si quelqu'un avait retiré le bouchon et que l'eau s'était écoulée.

Mais il y a autre chose que j'aimerais savoir.

— Madame Cliche, m'auriez-vous rétrogradée de niveau si je n'avais pas compris la matière ?

Madame Cliche est étonnée.

— Non ! Je n'y ai jamais songé, affirme-t-elle. Je savais que tu allais finir par comprendre.

— Mais Annabelle vous a entendu dire que vous vouliez rétrograder un élève si sa situation ne s'améliorait pas.

Madame Cliche semble perplexe pendant un instant. Puis elle éclate de rire.

— Je ne parlais pas de *toi,* explique-t-elle. Je parlais de Clac! Nous lui avons procuré un nouvel aquarium, mais il ne semble pas l'apprécier. Nous devrons peut-être lui en fournir un autre.

Je dois admettre que je me sens un peu bête.

Mais ça m'est tout à fait égal. Pour une fois, je suis heureuse d'être dans l'erreur!

Chapitre dix

L'heure du dîner est presque terminée lorsque je mets fin à ma conversation avec madame Cliche. Je dois me dépêcher. J'ai une dernière chose à faire avant que la cloche sonne.

Je cours à toute vitesse rejoindre mes amies là où elles répètent leur chorégraphie. Elles s'arrêtent de danser en me voyant arriver. Elles me regardent sans sourire, comme si elles n'étaient plus mes amies.

Delphine s'apprête à partir, mais je la retiens par le bras. Je dois lui parler immédiatement.

— Delphine, je suis vraiment désolée pour ce qui s'est passé ce matin.

Je le dis suffisamment fort pour que les autres l'entendent.

— C'est la chose la plus stupide que j'ai faite de ma vie. De toute ma vie. Je sais que tu ne me pardonneras peut-être jamais. Mais je te jure que je ne le referai jamais, et j'espère que nous pourrons encore être amies.

Annabelle croise les bras.

— Ce que tu as dit à Delphine n'était vraiment pas gentil, proteste-t-elle.

— Et en plus, ce n'est même pas vrai,

ajoute Béatrice. Elle n'est pas le chouchou de madame Cliche.

— Tu as raison, ai-je répondu. Je ne sais pas pourquoi j'ai dit ça.

— Tu devrais faire quelque chose pour lui prouver que tu es désolée, poursuit Victoria.

Elle a raison. J'aimerais démontrer à Delphine que je suis désolée. Mais comment?

J'ai soudain une idée.

Ce n'est pas l'idée du siècle, mais c'est tout de même une idée. Je m'allonge sur le sol, puis j'agite les bras et les jambes dans les airs. Mes amies me regardent en se demandant ce que je fais. Béatrice pouffe de rire.

— Elle fait la fourmi morte! dit-elle.

— Arrête ça ! tu as plein d'herbe et de brindilles dans les cheveux, ajoute Annabelle en riant.

Mais je m'en fiche.

Je continue de faire la fourmi morte.

Au début, Delphine ne me regarde pas. Elle fait semblant d'être captivée par quelque chose qui se passe sur la piste de course. Mais après un moment, elle ne peut s'empêcher de se retourner. Puis elle sourit légèrement, bien qu'elle essaie de se retenir.

— Ça ne ressemble pas à une fourmi morte, dit-elle. On dirait plutôt un chiot qui veut qu'on lui caresse le ventre.

À ce moment, je sais que Delphine commence à me pardonner. Je suis si heureuse ! C'est épouvantable de penser que j'ai failli perdre ma meilleure amie.

Je décide alors de ne plus jamais laisser une telle chose survenir.

Chapitre onze

Le jour de l'assemblée générale, Delphine et moi nous assurons de nous asseoir dans la première rangée. Lorsque tous les messages de la direction nous sont transmis, monsieur Savard monte sur la scène avec sa guitare. Ses élèves s'installent derrière lui. Et devant eux, nous apercevons nos amies.

Au son de la musique, toute la classe se met à chanter. Annabelle, Victoria et Béatrice commencent à danser.

Ça fait bizarre de les voir exécuter des pas de danse que j'ai inventés. Je croyais que je serais jalouse de les voir sur la scène à ma place, mais ce n'est pas le cas du tout. Je suis plutôt fière d'elles. Elles sont vraiment bonnes !

— Elles dansent tellement bien, ai-je chuchoté à l'oreille de Delphine.

Elle hoche la tête en signe d'approbation.

Mes amies sont épatantes !

— Elles sont de bonnes danseuses, mais nous aussi, nous le sommes. Madame Cliche nous laissera peut-être faire notre propre chorégraphie à la prochaine assemblée générale, avance-t-elle.

Auparavant, j'aurais pensé que madame Cliche aurait catégoriquement refusé de nous laisser danser. Mais je la connais mieux, maintenant.

— On le lui demandera, dis-je en inclinant la tête.

Nos amies n'ont commis que deux ou trois petites erreurs. Annabelle a failli tomber au début, et Victoria a tourné vers la gauche plutôt que vers la droite. Mais elle s'est bien reprise, et je suis certaine que nous sommes les seules à nous en être rendu compte.

Après leur prestation, elles sont acclamées par le public ! Les élèves applaudissent en sautillant. Certains d'entre eux essaient même de reproduire leurs pas de danse.

C'est vraiment amusant.

Enfin, c'est à mon tour d'aller lire mon histoire. Durant le numéro de danse, je n'y pensais plus et ma nervosité avait disparu. Mais une fois que je suis sur la scène, devant tous ces visages, je recommence à être nerveuse. J'essaie donc d'orienter mes pensées vers le plongeon.

En regardant ma feuille, je m'imagine debout sur le bord de la piscine, me préparant à plonger dans l'eau. Lorsque je commence à lire, ma voix ne tremble même pas.

C'est le silence total pendant que je lis mon histoire. J'ignore si les spectateurs aiment mon récit jusqu'au moment où j'en termine la lecture et qu'ils se mettent à applaudir très fort.

Madame Cliche est de ceux qui applaudissent à tout rompre. Une personne assise dans la première rangée siffle encore et encore.

C'est Delphine.

Et à côté d'elle, Annabelle, Béatrice et Victoria hurlent des hourras ! et des bravos !

Mon année scolaire a été un peu difficile au début, mais je sais maintenant qu'elle sera formidable.

Fin